Il Mulino a Vento

Per volare con la fantasia

AL TEMPO DEL NEOLITICO

GRUPPO EDITORIALE RAFFAELLO

Collana di narrativa storica per ragazzi

Direttore di collana: *Luigino Quaresima*

Redazione: *Emanuele Ramini*

Ufficio stampa: *Salvatore Passaretta*

Team grafico: *Letizia Favillo*

Iª Edizione 2004

Ristampa

7 6 5 4 3 2 1 2017 2016 2015 2014 2013 2012 2011

Raffaello Libri Srl
Via dell'Industria, 21
60037 - Monte San Vito (AN)
www.raffaelloeditrice.it
www.grupporaffaello.it

CERMET
SISTEMA DI GESTIONE CERTIFICATO
QUALITÀ UNI EN ISO 9001:2008

e–mail: info@ilmulinoavento.it

http://www.ilmulinoavento.it

Printed in Italy

Nadia Vittori

ALLA RICERCA DEL PUGNALE SACRO

Illustrazioni di

caba & chesi

L'uomo della magia

Mira si fermò a guardare il vecchio Hug mentre prendeva la terra e la metteva dentro la ciotola d'osso.

Era una grande ciotola, ricavata dall'anca di un vecchio cervo, sicuramente un capobranco.

Era stata scavata da mani esperte, perché il recipiente non doveva presentare incrinature o imperfezioni. Solo una ciotola perfettamente liscia poteva essere tenuta in mano dall'uomo della magia.

La ragazza si sedette davanti al vecchio e guardò in silenzio le sue mani magre e scheletriche, solcate da grosse linee bluastre, che pestavano adagio la polvere rossa e la mescolavano a un po' d'acqua.

L'uomo era accovacciato per terra e teneva gli occhi chiusi. Intanto si dondolava lentamente avanti e indietro, ripetendo sottovoce le parole della magia. Il movimento faceva tintinnare gli amuleti che il vecchio teneva appesi al collo e faceva da sottofondo alla sua cantilena.

Mira sgranò gli occhi stupita. Per quanto stesse attenta, non riusciva a capire neppure una parola: doveva essere una lingua sconosciuta, antica quanto le montagne.

Finalmente il vecchio si fermò, prese dalla ciotola d'osso un pugno di poltiglia rossa e se la spalmò sul viso: prima la guancia sinistra, poi la destra e infine la fronte.

Quindi aprì gli occhi e guardò la ragazza.

- Cerco mia madre - disse Mira.

- Tu hai già una madre, è la vecchia Xara.

- Cerco mia madre - insistette la ragazza, - quella vera, Karima.

- Tua madre non è più una donna della tribù. Non te l'hanno detto?

Mira fece finta di non notare la sfumatura di impazienza contenuta nella voce di Hug e continuò imperterrita:

- Xara mi ha raccontato tutto. Io voglio conoscere mia madre e tu sai dov'è!

Il vecchio chiuse gli occhi, spazientito:

- Tua madre è morta!

Mira si alzò di scatto, con la voce velata dalla rabbia e da un inizio di pianto.

- Mia madre non è morta! Sotto il mio letto non ci sono le sue **ossa**! Dimmi dov'è!

L'uomo della magia alzò le spalle.

- Se n'è andata. Per noi è come se fosse morta!

Il vecchio ricominciò a dondolare, salmodiando piano la sua litania. Si era completamente dimenticato di Mira.

La ragazza si mosse. Era inutile aspettare ancora: da quell'uomo non avrebbe saputo nulla di più.

l'angolo del...

Alcune popolazioni primitive usavano sistemare le ossa dei defunti nelle abitazioni, spesso sotto i letti.

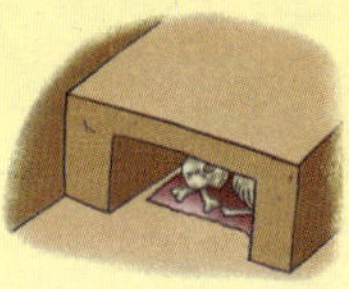

* * *

La casa delle donne era una stanza ampia, senza finestre, ma con una grande apertura sul tetto di paglia, posta proprio in corrispondenza del grande focolare che stava al centro della sala, sollevato da terra di tre gradini.

C'erano poche donne, perché a quell'ora erano quasi tutte fuori a raccogliere semi, bacche e frutta, ma Mira si guardò comunque attorno. Infatti trovò quasi subito Xara, proprio accanto al grande fuoco, mentre stava chiacchierando con Tura, la sua figlia più giovane, e con altre due donne più anziane.

- Ti devo parlare - disse la ragazza, presentandosi davanti alla vecchia.

Xara annuì, ma non si mosse.

- Parla pure.

Poi si accorse dello sguardo imbarazzato di Mira, fisso sulle donne presenti, e continuò:

- Tocca a me sorvegliare il fuoco, oggi. Non posso lasciare la stanza.

Mira si agitò, dondolandosi incerta sulle gambe,

poi disse decisa:

- Vado a cercare mia madre.

Le donne smisero di parlare tra loro e la guardarono come se si trattasse di un animale strano.

Mira si sentì bruciare le guance sotto i loro occhi curiosi, ma non abbassò lo sguardo.

Xara le afferrò un braccio, tirandosela vicino.

- Quando partirai?

- Dopo la festa del Grande Spirito Che Torna Indietro.

Xara si limitò ad annuire, si prese con aria pensosa il mento tra le mani e dopo un po' le mise una mano sulla testa e le sorrise.

- Capisco.

Quello fu il suo unico saluto.

Il Grande Spirito

I tre ragazzi erano schierati davanti al fuoco. Stavano assolutamente immobili e fissavano diritti e muti le fiamme che danzavano davanti a loro.

Mira li conosceva bene: Tumbai, il figlio del capo tribù; Akao, che sovrastava tutti di una spanna buona con le sue lunghissime gambe; infine il piccolo Koi, più veloce di uno scoiattolo ad arrampicarsi sugli alberi.

Mira li guardava alla luce delle fiamme, ma quasi non li riconosceva. Il bagliore del fuoco disegnava sui loro volti ombre irreali: erano davvero i ragazzi che fino al giorno prima avevano giocato con lei?

Gli anziani della tribù erano seduti in circolo e li fissavano in silenzio. Toccava all'uomo della magia parlare: solo lui poteva dare inizio alla cerimonia.

Finalmente il primo cane ululò.

Un brivido corse giù per la schiena di Mira: il solenne rituale stava per iniziare.

L'uomo della magia si alzò, con uno scricchiolio delle vecchie giunture, e guardò il sole che stava lentamente andando a nascondersi dietro la grande montagna.

- Oggi assisteremo al Grande Spirito Che Torna Indietro.

Gli occhi dei presenti si levarono in alto. Nel cuore di tutti la stessa domanda: si sarebbe compiuto anche questa volta il grande prodigio?

Il vecchio si schiarì la voce e riprese a parlare:

- Sarà una notte magica: i **cani** ululeranno e i nostri giovani andranno a dormire per l'ultima volta accanto alle loro madri.

Il cielo stava diventando di un azzurro cupo. Ancora un poco e sarebbe trascolorato in un intenso blu cobalto. La grande montagna si stava mangiando a grossi bocconi il sole che ad ogni istante si faceva più piccolo e de-

l'angolo del...

Il cane fu molto probabilmente il primo animale ad essere addomesticato dall'uomo.

bole. Mira socchiuse gli occhi per riuscire a cogliere l'ultimo bagliore: ecco, ora era scomparso.

Trattenne il fiato, sospesa nell'attesa. Ce l'avrebbe fatta anche questa volta a vincere la montagna?

Un attimo ancora e poi il grande prodigio si compì: da una fenditura della roccia un raggio di sole filtrò intenso e luminoso e andò a posarsi proprio davanti ai tre ragazzi ancora immobili.

Il sole aveva vinto! Era riuscito a bucare la pancia dell'enorme montagna e aveva potuto mostrarsi in tutto il suo splendore ancora una volta!

Grida di gioia si levarono tra la folla.

- Abbiamo visto il Grande Spirito Che Torna Indietro anche questa volta! - urlò l'uomo della magia, sollevando alto il suo bastone e facendo tintinnare le migliaia di conchiglie che lo decoravano.

Il braccio levato indicava a tutti il prodigio che si stava compiendo sotto i loro occhi.

Il raggio di sole si stava indebolendo e si assottigliava sempre più, poi, in un ultimo bagliore di luce, andò a posarsi sulla testa di Koi, quindi scomparve per sempre.

- Koi, sei il designato!

Koi sobbalzò, preso alla sprovvista.

- Io?

L'uomo della magia avanzò di due passi e si portò proprio davanti al ragazzo, guardandolo dritto negli occhi.

- Il Grande Spirito ti ha indicato. Toccherà a te il compito più difficile: dovrai essere più agile di una capra, più forte di un uro, più astuto di una volpe.

Koi si guardò attorno un po' incerto. Si sentiva imbarazzato perché sapeva che tutti al villaggio lo stavano fissando con curiosità, ma nello stesso tempo era felice per l'incarico che gli stavano assegnando.

Girando un po' la testa, colse al volo lo sguardo di Tumbai, ritto vicino a lui. Stava sognando o il suo amico lo fissava con rabbia?

L'uomo della magia tese una mano.
- Ecco, prendi il pugnale e tienilo sempre con te.
Koi allungò la mano per riceverlo. Era un bellissimo pugnale di selce e doveva essere molto affilato, perché Koi sentiva chiaramente la lama tagliente accarezzargli l'incavo della mano.
Il vecchio davanti a lui continuò nelle sue istruzioni.
- Devi arrivare alla fonte sacra al più presto, metterlo all'interno dell'altare e attendere che il grande dio Kernunnus si manifesti. È tutto chiaro?
Koi riuscì solo a fare un cenno con la testa. Non era sicuro di avere capito tutto, ma non osava chiedere altre spiegazioni per paura di fare la figura dello sciocco.
- Bene! - disse allora Hug. - Potete andare, ora!
I ragazzi fecero per muoversi, ma la voce potente del vecchio li bloccò di nuovo:
- Ricordate: questa è la notte sacra. Non dovrete rivolgere a nessuno la parola e nessuno dovrà parlare con voi. Da questa notte non siete più bambini, ma non siete ancora adulti. Prima del sorgere del sole, vi leverete dai vostri letti e partirete!
Poi alzò le braccia in alto.
- Che il Grande Spirito vi accompagni! - disse.

I ragazzi chinarono la testa e si allontanarono, ciascuno preso dai propri pensieri, ciascuno verso la propria destinazione.

Ad un tratto Koi sentì qualcosa sfiorargli il braccio e d'istinto alzò la testa.

Era Tumbai, che gli passava vicino per raggiungere la propria capanna.

D'improvviso le labbra di Tumbai si mossero, tanto impercettibilmente che un attimo dopo Koi si stava già chiedendo se non l'avesse sognato.

Eppure, ne era sicuro, aveva potuto leggergli chiaramente sulle labbra queste parole:

- Me la pagherai!

Mira e Koi

Koi si era perso.

Guardò di nuovo il segno rosso alla base della grande quercia, per essere certo di non sbagliare.

Era proprio il suo segnale. L'aveva fatto lui con la polvere rossa che portava nel sacchetto appeso alla cintura.

L'aveva disegnato quella mattina all'alba, prima di partire.

Aveva camminato tutto il giorno, ma aveva semplicemente descritto un grande cerchio ed era tornato al punto di partenza.

Alzò la testa, per cercare uno spiraglio di cielo, ma la foresta era troppo intricata in quel punto e non c'era possibilità di vedere il sole.

E adesso?

Da che parte doveva andare? Se almeno fosse riuscito a ricordare che direzione aveva preso quella mattina…

Era immerso nei suoi pensieri e quasi sobbalzò per lo spavento quando si sentì apostrofare all'improvviso:

- Ti sei perso?

Si girò di scatto e si trovò davanti Mira, quella strana ragazzina della tribù che lo guardava con un sorrisetto che proprio non gli piaceva.

Stava per rispondere che no, non si era perso, ma lei continuò:

- Guarda che so benissimo che ti sei perso. Ti ho visto fare il segno sulla quercia e ti ho seguito per tutto il giorno.

- E perché mi hai seguito?

- Perché speravo che mi portassi alla fonte sacra.

Koi abbassò la testa mortificato.

- Dovrei essere in vista di quel ruscello, a quest'ora… e invece…

- Invece ti sei perso! Ho seguito te, perché mi sembravi il più in gamba del gruppo…

Koi non poté fare a meno di sorridere: l'idea di sembrare il migliore del gruppo non gli dispiaceva.

- Davvero?

Mira scosse la testa, innervosita.

- Beh, mi sembra evidente che ho sbagliato! Non dovevo seguire te! Dovevo star dietro a Tumbai.

- Quello non ritroverebbe neppure il proprio naso!

Mira scoppiò a ridere: Tumbai aveva un naso grosso e carnoso che gli riempiva quasi tutta la faccia.

- Accidenti! E come si può perdere un naso come il suo?

Risero insieme, ma subito dopo Mira si fece di nuovo seria.

- E adesso dove andiamo? - chiese.

Koi si strinse nelle spalle.

- Non so dove andrai tu, ma io vado da quella parte - e descrisse con il braccio una curva a sinistra.

- Sei già passato per di là... e non mi pare che la cosa abbia funzionato!

- Sei sicura?

- Sicurissima! Vedi quel ramo spezzato lì avanti? L'hai rotto tu questa mattina, ti ci sei appeso per gioco e, quando si è schiantato di colpo, per poco non facevi un ruzzolone!

- Accidenti, hai ragione! - disse Koi, ma al ricordo diventò tutto rosso per l'imbarazzo.

Si augurò che lei non avesse capito che stava imitando gli scimpanzé della foresta.

Ma Mira non era tipo da lasciar correre e continuò imperterrita:

- Però gli scimpanzé non urlano a quel modo! Quello che facevi tu era piuttosto il ruggito di un leone!

La faccia di Koi si fece di fuoco. Abbassò la testa mortificato e riuscì solo a bisbigliare:

- Dici?

Mira gli sorrise all'improvviso.

- Però eri fantastico comunque... - disse. - Per questo ho deciso di seguire te!

Koi restituì il sorriso.

- Bene! Allora sono contento che tu mi abbia visto fare lo scimpanzé!

Mira gli tese la mano e lo guardò dritto negli occhi.

- Quindi, andiamo per di qua? - e indicò la direzione opposta a quella proposta prima da Koi.

- Certo! - rispose il ragazzo, afferrando la mano tesa. - Andiamo!

La fonte sacra

Il rumore dello scrosciare dell'acqua, trasportato dal vento, arrivò fino alle loro orecchie. A poco a poco si trasformò in un rumore intenso e quasi assordante, ma a Koi in quel momento sembrava il suono di una musica dolcissima.

- Ci siamo! - disse con un grosso sospiro, ma le sue parole erano inutili, perché anche Mira aveva capito di essere arrivata.

Con un ultimo sforzo, si issarono sullo sperone di roccia che si protendeva verso il sentiero e impediva loro di scorgere la cima.

Mira si sollevò puntellandosi sulle braccia e, prima ancora di mettersi diritta, diede un'occhiata in giro.

Con grande sorpresa, si accorse che la sommità della montagna era ampia, una vera e propria spianata, punteggiata da arbusti bassi e spinosi.

Si rizzò in piedi e rimase quasi senza fiato.
La vista da lassù era stupenda: la valle si distendeva ai loro piedi, i boschi fittissimi che avevano appena attraversato apparivano adesso come piccole macchie scure che interrompevano l'uniformità arida delle rocce.
Il fiume ampio e silenzioso scorreva più in basso, nel punto in cui la valle si chiudeva, congiungendosi alla terra.
- Che meraviglia! - disse allargando le braccia e girandosi attorno.

- Non abbiamo tempo per ammirare il panorama! - brontolò Koi. - Aiutami piuttosto a cercare subito la fonte sacra.

- Eccola là! - lo rimbeccò un po' seccata Mira. E indicò con il dito un ruscello non molto distante.

Pochi passi e la raggiunsero.

Era una piccola sorgente che sembrava nascere per incanto dalle profondità della roccia, faceva un salto a picco per alcuni passi e poi si acquietava in una pozza azzurra, incredibilmente calma e tranquilla.

Per quanto i ragazzi cercassero, dalla piccola pozza non ripartiva nessun ruscello.

- Ma dove va a finire? - si chiese perplesso Koi.

- Xara dice che l'acqua della fonte sacra scorre all'interno della montagna... - spiegò Mira. - Ritorna in superficie più a valle, proprio accanto al nostro villaggio.

Koi si guardò intorno.

- Ecco l'altare! - esultò. E indicò con il dito una costruzione in pietra, altissima, infissa nel terreno, che sembrava voler raggiungere il cielo.

Mira si avvicinò e accarezzò adagio la stele con la mano.

- È molto antica. Xara mi ha spiegato che sta in questo posto da tanto tempo...

Ma Koi non poteva perdersi in contemplazioni: aveva fretta di portare a termine la sua missione e riprendere il viaggio insieme ai suoi coetanei.

- Devo sistemare il pugnale, adesso... e poi aspettare che Kernunnus si manifesti...

La sua voce divenne all'improvviso incerta:

- Anche se, a dire la verità, non ho la minima idea di quello che potrà accadere...

- Qualcosa succederà - replicò con sicurezza la ragazza e subito Koi si sentì meglio.

Mira aveva ragione: se l'uomo della magia aveva detto così, qualcosa sarebbe accaduto, prima o poi...

Koi prese il pugnale dal sacchetto di pelle che teneva legato in vita e se lo bilanciò nel palmo della mano.

Mira gli si avvicinò per osservarlo con attenzione.

- È bellissimo! - disse in un sussurro, ma un rumore improvviso alle loro spalle la fece girare di colpo.

- Che cosa è stato? - chiese con un velo di paura nella voce.

Anche Koi aveva sentito.

- Sembrava un rumore di rami spezzati...

- Qualcuno sta salendo per il sentiero...

Il rumore continuò e si fece più intenso: i ragazzi potevano chiaramente sentire la terra calpestata, lo scricchiolare dei rami spezzati e il rotolare dei sassi smossi lungo i fianchi della montagna.

- Sono tanti! - bisbigliò Koi. E d'istinto si portò nell'angolo più lontano dello spiazzo, con le spalle ben protette dalla roccia, trascinandosi dietro anche Mira.

Restarono immobili a fissare il sentiero che avevano appena percorso, finché, dopo un tempo che sembrò lunghissimo, qualcosa comparve.

- Cani! - disse Mira, quasi senza fiato per la sorpresa.

E infatti sulla spianata comparvero quattro cani di taglia piuttosto piccola, con le orecchie dritte e la lingua penzoloni. Sembravano stanchi come loro, pensò la ragazza, e assetati per la lunga salita. Mira allora sorrise agli animali e fece per muoversi verso di loro.

Koi la trattenne subito per il braccio.

- Non muoverti! Sono cani selvatici!

Mira si sentì gelare.

- Sono pericolosi! - continuò Koi, preoccupato. - E sono affamati!

Si guardò intorno per cercare un riparo o una via

di fuga, ma niente sembrava venire loro in aiuto.

- Siamo in trappola! - disse dopo un po'. - L'unica via d'uscita è il sentiero da cui siamo arrivati, e lì ci sono loro!

I cani avanzavano circospetti, mostrando i denti aguzzi, in un ghigno silenzioso e terrificante.

I ragazzi si schiacciarono contro le rocce.

- Raccogli quel sasso! - sussurrò Mira, indicando con la testa un frammento di roccia appuntita che stava davanti a Koi.

- Bisogna colpire il capobranco! - continuò la ragazza. - Forse gli altri, vedendolo ferito, scapperanno!

Koi si chinò adagio, cercando di non mettere in allarme i cani che ora si erano fermati e li stavano fissando intensamente.

Era ancora piegato per raccogliere la pietra, quando il cane più grosso, che stava alla testa del gruppo, emise un sordo brontolio e si lanciò improvvisamente all'attacco.

Koi si buttò a terra, afferrò il sasso e lo lanciò d'istinto, ma il tiro, effettuato senza precisione, andò a vuoto.

Mira aprì la bocca per urlare e si rannicchiò al suolo per proteggersi, pronta a subire un feroce attacco, ma all'ultimo momento vide nella polvere, accanto a Koi, il pugnale sacro che forse era scivolato via al ragazzo durante la caduta.

Lo afferrò e avanzò di due passi, portandosi proprio sopra all'amico.

Restò lì, con il braccio teso che stringeva il pugnale, guardando, con il viso contratto dalla paura, il cane che correva verso di loro.

All'ultimo istante chiuse gli occhi e urlò per lo spavento, ma subito un guaito la costrinse a guardare. Il cane, colpito a una spalla, era scivolato a terra su un fianco.

Si rialzò immediatamente con un agile salto, ma si rese subito conto di non poter reggersi sulla zampa anteriore e cominciò a lamentarsi forte.

Zoppicando, ritornò sui suoi passi e si riunì ai suoi compagni che gli si erano fatti incontro. Poi si girò verso i ragazzi e lanciò un lungo ululato, quindi, seguito dal suo branco, sparì giù per il sentiero.

Mira e Koi restarono ancora immobili per qualche istante, troppo spaventati per riuscire a parlare, poi la ragazza tese la mano per aiutare l'amico ad alzarsi.

- Sei stata brava! - disse Koi con un sorriso.

- Sono stata fortunata! - replicò lei e gli restituì il pugnale sacro.

Il ragazzo lo fissò intensamente, mentre un'ombra gli passava sul viso.

- Non possiamo più usarlo... - disse.

- Perché?

- È stato contaminato con il sangue! - spiegò Koi. - Solo un pugnale intatto può essere offerto al dio.

Si guardarono perplessi.
E adesso? Sarebbero dovuti tornare al villaggio e raccontare a tutti di aver fallito?
- Non voglio tornare indietro senza aver portato a termine il mio compito - disse Koi con decisione.
Mira annuì.
- Nemmeno io tornerò!
- E allora?
Mira ci pensò solo per un attimo, poi trovò la soluzione.
- È semplice: basterà procurarci un altro coltello!

In viaggio

Scendere dalla montagna fu molto più semplice.

Alla fine della lunga camminata, le gambe tremavano un po', ma i ragazzi quasi non ci fecero caso.

Koi era silenzioso. Sembrava immerso in pensieri cupi e Mira cominciò a temere che si sentisse amareggiato per il suo fallimento.

Cercò di distrarlo un po'.

- Dove stiamo andando?

- Ho sentito di un posto, al di là delle montagne, dove costruiscono magnifici coltelli di bronzo.

- Anche Cori, il figlio di Xara, sa fare dei bellissimi pugnali…

Il viso di Koi si allungò in una smorfia.

- Non posso chiedere a Cori di costruirmi il coltello… lo verrebbero a sapere tutti, al villaggio!

- Hai ragione, ma Xara dice che…

- Xara, sempre Xara! Ma non sai parlare d'altro?

Mira si oscurò di colpo, strinse le labbra e si obbligò a tacere.

Koi si pentì immediatamente del suo scatto, perciò riprese a parlare in tono più gentile:

- Non sei costretta a seguirmi, Mira. Il viaggio sarà lungo e pericoloso...

Mira scosse la testa, sorridendo già rasserenata.

- Per me un posto vale l'altro. Mia madre potrebbe essere dappertutto, quindi preferisco venire con te!

Il ragazzo studiò l'amica in silenzio per un po'.

Era una ragazza davvero strana: se ne andava in giro per il mondo in cerca della madre, e sembrava non pensare ai pericoli che avrebbe potuto incontrare.

- Hai deciso che cosa farai quando troverai tua madre? - chiese Koi all'improvviso.

Mira non si stupì della domanda e rispose con sicurezza:

- La pregherò di lasciarmi stare con lei. Voglio diventare anch'io una donna della medicina!

- E non tornerai più al villaggio?

- No, non credo...

Koi riprese a camminare in silenzio. Lasciare la tribù era un pensiero che non gli si era mai affacciato alla mente, per cui faticava a comprendere la ragazza che parlava con tanta sicurezza di abbandonare gli amici e il clan.

Uscirono dal bosco di castagni del fondovalle e all'improvviso il paesaggio intorno a loro cambiò.

Le cime aguzze dei monti erano ormai degradate in colline dolci e lievemente ondulate, il verde cupo delle foreste si era stemperato nel verde più tenero di prati e cespugli, e molto più in là, all'orizzonte, si profilava un'ampia prateria di erbe alte e fitte che ostacolavano la vista e mettevano quasi paura.

Un brivido colse di sorpresa Koi che non poté impedirsi di pensare ai grandi carnivori che amavano nascondersi tra le erbe alte e tendevano agguati improvvisi.

Probabilmente anche Mira, avanti a lui di pochi passi, ebbe lo stesso pensiero perché si fermò di colpo e Koi quasi la travolse.

- Hai sentito?

Il ragazzo tese le orecchie.

- Che cosa?

- Un rumore alle nostre spalle...

Koi si guardò intorno nervoso.

- Potrebbero essere ancora i cani...

Restarono immobili e silenziosi per alcuni istanti, ma il rumore non si ripeté.

Mira alla fine ridacchiò, un po' imbarazzata.

- Continuiamo pure, Koi! Probabilmente era solo uno scherzo della mia immaginazione!

L'idea di immergersi in quella immensa prateria non entusiasmava certo i ragazzi, ma, d'altra parte, era l'unica via possibile.

Per fortuna poco più avanti Koi riuscì a scorgere le cime di alcune capanne.

- C'è un villaggio laggiù!

Si avviarono subito in quella direzione e arrivarono ad una grande radura che ospitava alcune minuscole capanne circolari, costruite con mattoni crudi essiccati al sole.

Tutto intorno, nei piccoli appezzamenti coltivati ad orzo, stavano lavorando alcune donne che, piegate a terra, erano intente a diradare le piantine nuove per permettere loro di crescere meglio.

Una di loro li vide arrivare e si alzò di scatto, tendendo la mano al bambino che aveva accanto, per tirarselo vicino. Poi si accorse che si trattava solo di due ragazzi e sorrise sollevata.

- Da dove venite?

Koi indicò con un gesto le montagne alle loro spalle.

- Dal villaggio di Hai Yuk.

- Ne avete fatta di strada, allora...

Le donne avevano interrotto il lavoro per poterli osservare meglio. Intanto i bambini li avevano circondati e li stavano toccando come se fossero oggetti strani e misteriosi.

- Avrete fame.

Mira sorrise con gratitudine alla donna che aveva parlato. Finalmente una buona idea! In un attimo si trovarono seduti con in mano una focaccia piatta e dura come un sasso.

Per fortuna qualcuno porse loro una ciotola con del latte di capra.

Mira intinse la focaccia nel liquido tiepido e l'addentò con gusto.

- Buonissima! Non sapevo di aver tanta fame!

Le donne risero vedendo i due ragazzi mangiare con tanta avidità il cibo offerto.

Con lo stomaco pieno, Koi ricominciò a pensare con più lucidità.

- Dove sono tutti gli uomini? - domandò quando si rese conto che intorno a loro c'erano solo donne e bambini.

- Sono alla Grande Caccia! - spiegò una donna dal viso raggrinzito come una prugna secca. - Al villaggio c'è solo Huyk!

Tutte risero e Koi capì che questo Huyk non godeva di molta considerazione tra la sua tribù.

Mira però era curiosa.

- La Grande Caccia? - domandò. - Che cos'è?

- Voi non sapete cos'è la Grande Caccia? - chiese a sua volta una donna con l'aria stupita. - Venite con me!

I ragazzi si alzarono e seguirono le donne che, mentre li accompagnavano verso una capanna più grande delle altre, spiegavano, divertite della loro ignoranza:

- Quando nella prateria vengono avvistati dei leoni, gli uomini del villaggio partono per la Grande Caccia.

Mira spalancò gli occhi, sorpresa.

- Ci sono dei leoni qui intorno?

I bambini risero della paura della ragazza.

- Due leoni. Maschi adulti! - spiegò la donna più anziana.

- Molto affamati! - continuò ridendo un'altra.

Koi e Mira si guardarono: si stavano prendendo gioco di loro? Com'era possibile vivere tranquilli con dei leoni affamati nei dintorni?

Una delle donne capì i loro timori e si fece avanti:

- Nella prateria ci sono sempre dei leoni e noi non li temiamo... ma questi sono giovani e senza branco: dobbiamo catturarli o uccideranno le nostre capre!

Erano arrivati davanti alla grande capanna. Ai lati della porta erano stati sistemati dei pali, infilati nel terreno: una decina in tutto. Sopra ad ogni palo c'era il teschio di un leone. Solo i due pali più esterni erano vuoti.

- Vedete? - spiegò una donna. - Quando i nostri uomini faranno ritorno dalla Grande Caccia, anche questi pali avranno il loro teschio.

Mira contemplò in silenzio per alcuni istanti la macabra parata, poi non poté fare a meno di chiedere:

- Ma non avete paura per gli uomini là fuori?

Una donna sorrise e le fece cenno di entrare.

- L'uomo sacro ha catturato lo spirito dei leoni, così non potranno fare del male ai cacciatori!

Entrarono e rimasero senza fiato per la meraviglia.

Tutta la parete alla loro destra era interamente ricoperta da un magnifico dipinto che raffigurava la Grande Caccia. Si vedeva chiaramente un gruppo di uomini che aveva attorniato i due leoni a terra, trafitti dalle lance.

Mira aguzzò gli occhi nella penombra della capanna. Sbagliava, o c'era qualcosa che non andava?

Anche la donna accanto a lei aveva visto qualcosa di strano, perché all'improvviso la sospinse di lato con un gesto brusco.

- Ma che cosa è successo? - si domandò sorpresa.

Vennero portate alcune torce e tutto fu chiaro: il dipinto era stato completamente coperto di strisce rosse che attraversavano le figure dall'alto al basso.

In un attimo la stanza si riempì di grida di donne spaventate e piangenti.

Mira e Koi si guardavano attorno disorientati, ma non riuscivano a cogliere che frammenti di frasi in tutta quella confusione.

- Sacrilegio!...

- I nostri uomini moriranno!...

- Guardate! - strillò un bambino, indicando un angolo della capanna.

Un pennello era stato posato accanto ad una ciotola, gocciolante di liquido rosso.

- È ancora bagnato! - disse una vecchia che si era chinata a controllare.

Si girò e si portò davanti ai due ragazzi con aria accusatrice.

- Siete stati voi! - disse puntando il dito contro di loro. - Avete compiuto un terribile sacrilegio!

Si guardò attorno, nel silenzio teso della stanza, e poi sentenziò con voce solenne:

- Il sangue dei nostri uomini ricadrà su di voi!

Huyk

La porta si richiuse con un tonfo, facendo precipitare la stanza nel buio.

Koi si mosse adagio per non spaventare Mira, allungò un braccio e a tentoni arrivò a toccare la mano dell'amica.

- Mira... - bisbigliò.

La sentì ridacchiare nervosamente e poi la udì sussurrare a sua volta:

- Perché poi stiamo parlando sottovoce? Non ci può sentire nessuno... Siamo soli nella stanza!

Voleva far ridere l'amico, ma la voce le uscì stridula per la paura.

- Vieni! - disse il ragazzo.

La mano di Koi la guidò fino a un angolo della grande capanna e poi la spinse giù a terra. Finirono seduti sopra qualcosa di morbido e caldo, probabilmente la pelliccia di un animale.

- Almeno così non moriremo di freddo! - disse Mira, allungandosi con un sospiro sulla coperta soffice.

Ma Koi non aveva voglia di scherzare.

- Siamo in un bel guaio, Mira! - disse preoccupato.

- Lo so. Basterà che uno solo degli uomini rimanga ferito nella Grande Caccia perché la colpa ricada su di noi.

Entrambi i ragazzi capivano che quella eventualità non era davvero remota, per cui le cose si stavano mettendo proprio male per loro.

C'era però un pensiero che tormentava Koi.

- Non capisco chi possa aver rovinato il dipinto - si chiese a voce alta. - Chi può avere interesse a fare fallire la Grande Caccia?

- Shh!... - fece all'improvviso Mira. - Si sta avvicinando qualcuno!

Infatti poco dopo la luce esterna filtrò nella stanza, ma non in direzione della porta, come si aspettavano. Probabilmente nella capanna c'era un'entrata secondaria che a loro era sfuggita. L'apertura doveva però essere molto stretta, perché la figura si chinò per entrare.

Il nuovo venuto si lasciò la porta socchiusa alle spalle, per cui i ragazzi riuscirono a vederlo bene.

Bastò loro un attimo per capire, perché entrambi

tesero la mano e dissero quasi contemporaneamente:

- Huyk!

Il giovane sorrise e fece segno di sì con la testa, poi si avvicinò.

Koi scattò in piedi, trascinandosi dietro anche Mira, e le bisbigliò in un sussurro per non farsi sentire dall'altro:

- Fai attenzione, Mira. Forse è pericoloso! Ricordati le risate delle donne, e poi... chissà... potrebbe aver combinato lui quel disastro!

Huyk doveva avere un udito eccellente, perché di colpo si rabbuiò e cominciò a scuotere con rabbia la testa, emettendo degli strani suoni.

Mira si staccò da Koi e si avvicinò al giovane preoccupata: quegli strani versi potevano insospettire le donne che stavano fuori di guardia.

- Va bene, Huyk, abbiamo capito, non sei stato tu!

Il sorriso di Mira parve calmarlo, perché si rimise tranquillo a fissare i due ragazzi.

Poi, di colpo, si ricordò di qualcosa, prese il sacchetto che portava appeso alla cintura e cominciò a frugarci dentro, quindi tirò fuori una focaccia e la porse ai due.

- Ci ha portato da mangiare - disse Koi, un po' sorpreso da quell'offerta. - Come mai non è arrabbiato con noi come tutti gli altri?

Mira si mise in bocca un pezzo di focaccia.

- Forse perché lui sa che non siamo stati noi - rispose.

Poi guardò Huyk negli occhi.

- È vero? Huyk, tu sai chi è stato?

Huyk sorrise, dimenando con forza la testa in segno affermativo.

Koi sbuffò.

- E anche se lo sapesse? Non può dirci chi è stato... non vedi che non può parlare?... E anche se si staccasse la testa a furia di dimenarla, nessuno gli crederebbe qui al villaggio!

- Beh, noi gli crediamo! - disse Mira.

Poi si girò di nuovo verso Huyk.

- Forza, spiegaci chi ha rovinato il dipinto!

Il giovane si concentrò un attimo, poi cominciò a dimenarsi e a fare gesti strani. Si allungava alzando la mano fin quasi al soffitto, poi si abbassava e si tirava il naso con una buffa espressione dipinta sul volto.

Koi quasi scoppiò a ridere.

- Come facciamo a capire quel che ci vuol dire?

- Occorre pazienza - insistette Mira. - Non può

parlare, ma ci comprende benissimo... quindi, faremo noi le domande... Vediamo: quanti erano? Uno?... No. Due?... Sì!

Si girò raggiante verso Koi.

- Vedi? Sappiamo già qualcosa... erano due... Due che cosa? Uomini?... No. Donne?... No.

Mira sbuffò, già un po' spazientita, poi continuò:

- Se non erano né uomini né donne, che cos'erano?

- Ragazzi! - quasi urlò Koi che stava cominciando a entrare nel gioco. - Sì?... Bene, allora... erano due ragazzi.

Si fermò di botto.

- E adesso? Come andiamo avanti?

A quel punto intervenne di nuovo Mira:

- Li conosci?... No?... Allora non sono della tribù. Bene, sai da dove vengono?... No?... Accidenti... e adesso?...

Huyk li fissava speranzoso, passando con lo sguardo prima all'uno e poi all'altra, in attesa di nuove domande che però non arrivavano. Aspettò un poco e poi ricominciò con quei suoi gesti strani.

- Ha ripreso a fare lo scimpanzè! - disse sconsolato Koi, che cominciava a capire perché al villaggio si rideva di lui.

Mira, invece, stava in silenzio e lo fissava attentamente, poi si illuminò di colpo.

- Ma vuole dirci qualcosa!... Stai attento... vuole descriverci i ragazzi! Non è così, Huyk?

Il giovane quasi si svitò la testa per dire di sì.

- Allora, vediamo... continua, Huyk... facci capire...

Il giovane allungò il braccio di nuovo verso il soffitto.

- Uno era molto alto?... Sì?... più alto di te? Accidenti, molto alto davvero, allora... E l'altro?... Ma che sta facendo?

Huyk riprese a tirarsi il naso e a fare quelle assurde smorfie.

Koi saltò in piedi.

- Ha il naso grosso! Hai visto Mira? Dice di sì, ho indovinato!

Poi sbarrò gli occhi, ammutolito per l'enormità di quello che aveva appena scoperto. Si girò per dirlo all'amica, ma capì subito che anche lei aveva intuito.

- Due ragazzi: uno molto alto e l'altro con il naso grosso... - disse in un soffio. - Non possono essere che Akao e Tumbai!

Liberi!

- Dobbiamo andarcene di qui! - disse dopo un po' Koi. - Non possiamo stare ad aspettare che gli uomini tornino dalla Grande Caccia.

Anche Mira era d'accordo e guardò Huyk speranzosa.

- Ci aiuterai ad uscire, vero?

Il giovane annuì e indicò l'apertura per la quale era arrivato.

- Dove porta? - chiese Koi, ma subito si rese conto che Huyk non avrebbe potuto rispondere e corresse la sua domanda. - È un'uscita sicura? Gli altri del villaggio la conoscono? Ci sono donne di guardia da quella parte? Non ci scopriranno?

Il giovane lo guardò perplesso. Fece segno di sì, poi di no, quindi si confuse e si guardò le mani un po' a disagio.

- Accidenti, Koi! - intervenne Mira. - Lo mandi in confusione con tutte quelle domande! Usciamo da quella porta e vediamolo da soli quel che c'è fuori!

Il ragionamento non faceva una grinza, per cui Koi si mosse per seguire l'amica.

Si piegarono per oltrepassare la stretta apertura e si ritrovarono coperti dalle erbe alte che circondavano tutto il villaggio.

Aspettarono acquattati che Huyk sistemasse l'apertura in modo da risultare invisibile a un'ispezione sommaria, poi si avviarono lungo un percorso noto solo al giovane.

- Speriamo che almeno sappia dove ci sta portando... - bisbigliò Koi all'orecchio dell'amica quando vide che li stava conducendo allo scoperto.

Poco dopo, però, comprese che Huyk aveva avuto ragione.

La piccola radura che avevano attraversato, conduceva infatti al recinto degli animali, l'ideale per allontanarsi non visti dalle donne che stavano sul davanti della capanna.

Nel recinto, chiuso da una palizzata, erano sistemate parecchie capre e alcune pecore. Gli animali in un primo momento si mossero, innervositi dalla loro presenza, ma ben presto non fecero più caso a loro e ripresero a pascolare in tutta tranquillità.

I ragazzi, camminando carponi, si mossero tra gli animali cercando di arrivare alla parte opposta, la più lontana rispetto al villaggio.

Koi a un certo punto osò sbirciare, al di sopra della schiena di una grossa pecora, verso il villaggio che sorgeva ormai alle loro spalle.

Le donne sedevano tranquille, chiacchierando e sorvegliando i bambini che giocavano intorno, convinte di tener d'occhio l'unico accesso della grande capanna.

- Tutto bene! - bisbigliò all'amica. - È il momento giusto per andarcene! - e fece per uscire dal grande recinto.

Mira, però, lo trattenne, tirandolo per un braccio.

- Aspetta, dobbiamo salutare Huyk!

Il giovane che camminava un passo avanti a loro si fermò di colpo, si girò e la fissò intensamente: aveva capito che i suoi due nuovi amici se ne stavano andando e lo avrebbero lasciato alla sua solita vita.

Mira gli tese la mano per sfiorargli il braccio.

- Sicuramente ti dobbiamo la vita, Huyk...

Lo guardò e vide l'espressione cupa sul viso di Huyk.

- Oh, accidenti! Koi, non possiamo lasciarlo qui!

Koi la fissò stupito.

- E cosa vorresti fare? Portarlo con noi?

Un sorriso di speranza illuminò la faccia del ragazzo.

Mira lo indicò all'amico e disse:

- Lui vuole venire con noi, non è vero?

Huyk annuì con forza.

- Visto? - insistette Mira. - Qui lo prendono in giro, al villaggio lo considerano un povero scemo!

Koi non era convinto.

- Ma qui sta bene, è al sicuro tra la sua gente!

Mira strinse forte il braccio dell'amico.

- Senza il suo aiuto, saremmo ancora in quella capanna! E poi… lui vuole venire!

- E va bene! - cedette Koi con un sospiro.

Poi, rivolto a Huyk, continuò:

- Forza, amico, portaci lontano da qui!

* * *

Erano nascosti da un fitto sottobosco, ormai parecchio lontani dal villaggio, quando incrociarono gli uomini che rientravano dalla Grande Caccia. Li videro sfilare, simili ad una lunga processione, e poterono ammirare i due leoni che trasportavano come trofei.

- Ci sono tutti? - bisbigliò Koi all'orecchio di Hyuk che osservava la scena con grande attenzione.

Il giovane fece segno di no con la testa e poi con un dito nella polvere lasciò due lunghe impronte.

- Sono morti due uomini! - disse Koi.

Poi concluse in un sussurro:

- Ci hai davvero salvato la vita.

E un lungo brivido gli corse per la schiena.

Aspettarono immobili che il silenzioso corteo sfilasse davanti a loro e solo dopo un bel pezzo osarono rimettersi in piedi e riprendere il viaggio.

- Tra poco li avremo sulle nostre tracce… - osservò Mira con aria cupa.

- Per non parlare di Tumbai e Akao, che a quanto pare ci stanno seguendo da un pezzo… - concluse Koi.

- Forza, allora, riprendiamo la nostra strada… Il pugnale che cerchiamo non dovrebbe essere ancora molto lontano.

- Speriamo solo di riuscire a trovarlo…

Huyk li osservò perplesso. Tirò fuori un piccolo pugnale dalla borsa che teneva appesa alla cintura e lo mostrò ai ragazzi.

Koi lo vide e sorrise, scuotendo la testa.

- Ti ringrazio, Huyk, ma il pugnale che cerchiamo

deve essere speciale! - disse serio. - Dobbiamo offrirlo al grande dio dei boschi: deve essere perfetto, lavorato con grande precisione e soprattutto non deve mai essere stato usato!

Huyk annuì e poi indicò un punto davanti a loro, all'orizzonte.

- C'è un villaggio in quella direzione? - chiese Koi.

Huyk annuì con forza e allargò le braccia il più possibile.

- Un grande villaggio? Bene, avremo maggiori possibilità di trovare quello che cerchiamo!

All'improvviso Huyk si girò di scatto, alzando la mano alla bocca per indicare ai ragazzi di fare silenzio.

Tutti e tre tesero le orecchie, ma Mira e Koi non sentirono nulla.

Dopo un po' Mira si mosse.

- Andiamo! - disse cercando di sembrare allegra, ma la sua voce tradiva la paura e la preoccupazione.

La donna della medicina

Karima fissò il fuoco, quindi guardò la donna seduta di fronte a lei, poi diresse di nuovo lo sguardo verso il fuoco.

Si passò le mani tra i capelli e sospirò con aria preoccupata:

- Devo sapere dov'è… Per favore, Uma, vuoi riprovare per me anche oggi?

La donna annuì in silenzio e si alzò.

Prese un sassolino da terra e se lo mise in bocca, quindi raccolse alcuni rami secchi, li dispose in cerchio formando una piccola piramide, in cima alla quale sistemò alcune foglie accartocciate.

Sfilò da una tasca di pelle la pietra focaia e, battendola con forza contro un sasso, l'avvicinò al mucchio di rami.

Un colpo, due, tre… finalmente alcune scintille attecchirono alle foglie secche e un sottile filo di fumo si levò dalla piccola piramide.

Uma sedette a gambe incrociate davanti al fuoco

e si sporse in avanti per soffiare delicatamente, finché non vide le fiamme levarsi sicure.

Si rimise seduta con le spalle erette e a occhi chiusi, poi cominciò a far rotolare il sassolino in bocca.

Karima osservava tutto in silenzio, senza quasi osare muoversi, per paura di disturbare la concentrazione della donna.

Da quando, giorni prima, Uma le aveva detto che Mira aveva lasciato il villaggio, Karima non era tranquilla. Ogni giorno aveva chiesto alla vecchia di provare a chiamarla, di cercare di capire dove si trovasse, ma ogni tentativo, fino a quel momento, era stato inutile.

Di colpo Uma aprì gli occhi.

- Non è sola! - disse

Karima batté le palpebre. Non sapeva se poteva parlare, ma la donna continuò subito:

- Prendimi un altro sassolino... anzi, no... ne servono ancora due.

Dunque Mira era in compagnia di due persone. Chi erano? Erano amici e le volevano bene, oppure era in pericolo?

Mentre cercava i due sassolini, Karima sentiva il cuore pesante: la sua bambina se n'era andata, aveva lasciato la tribù ed ora era in giro per il mondo.

La vecchia prese le pietre e se le mise in bocca, le fece rotolare un po', quindi tornò a fissare il fuoco.

- È con due persone… - disse dopo un po'. - Un vecchio amico e un amico nuovo, ma entrambi si prendono cura di lei.

Karima sorrise rassicurata.

Uma, invece, si oscurò per un attimo in volto, poi rivolse lo sguardo verso di lei e riprese:

- Si porta dietro altra gente… persone cattive - e guardò lontano, dritta davanti a lei. - Sta venendo da te. Arriverà tra poco.

* * *

Huyk si agitò all'improvviso.

Mira e Koi si fermarono per osservare i suoi strani gesti.

Il giovane, con il viso contratto dalla paura, indicava la distesa alle loro spalle, puntando il dito verso un punto indefinito dietro di loro. Poi poggiò l'orecchio al suolo e cominciò a saltare, in preda a una grandissima agitazione.

- Stanno arrivando Tumbai e Akao?... - provò ad indovinare Koi, ma Huyk scosse la testa.

- I cacciatori?...

Ancora no.

Fu il turno di Mira.

- Qualcosa ci insegue?...

La ragazza ebbe maggior fortuna dell'amico.

- Un animale?... No?... Molti animali?... Siamo inseguiti da un branco?...

Koi la fissò un po' seccato.

- Non capisco perché tu riesci sempre a capirlo meglio di me...

- Non è il momento di perderci in chiacchiere! - sentenziò la ragazza. - Hai compreso quello che vuole dirci?

- Ho capito benissimo, anche se non so immaginare come faccia a saperlo... Io non noto niente di strano.

- Non può parlare, ma non è certo uno stupido: probabilmente ha orecchie migliori delle nostre!

- Se solo riuscissimo a sapere che animali ci stanno venendo addosso... - disse Koi.

A quelle parole Mira ebbe un'idea. Raccolse un rametto secco da terra e lo porse a Huyk.

- Mostraci gli animali! - gli disse.

Huyk, dopo un attimo di perplessità, sorrise. Aveva capito che cosa gli si stava chiedendo. Spianò una piccola parte di terreno di fronte a lui e si chinò per disegnare.

Bastarono pochi tratti.

- Bisonti! - esclamarono insieme Mira e Koi.

La ragazza rimase a bocca aperta ad ammirare il lavoro di Huyk.

- Ma sei bravissimo! Koi, hai visto che meraviglia?

Koi l'afferrò per il braccio e la trascinò via di peso.

- Non è il momento! Dobbiamo pensare a metterci in salvo! Una mandria di bisonti lanciata al galoppo lascia ben poche cose vive dopo il suo passaggio!

Mira rabbrividì di paura: Koi aveva perfettamente ragione.

- E dove possiamo rifugiarci? Qui intorno non c'è nulla... solo prati ed erbe alte!

Koi fissò l'amico negli occhi.

- Possiamo raggiungere il grande villaggio di cui ci parlavi?... No?... Troppo lontano! E allora siamo veramente nei pasticci!

Si guardò attorno sconsolato.

- Non c'è una grotta che possa servire come rifugio... e neanche un albero!

Mira stava pensando intensamente.

- Che cosa avrà spaventato i bisonti?

Koi la guardò.

- Come possiamo saperlo? Un temporale, un incendio, **una montagna che sputa fuoco...**

Ad un tratto si interruppe, colpito da un'idea improvvisa.

- Il fuoco! I bisonti temono il fuoco! Li faremo deviare dal nostro percorso con un incendio!

- Vuoi bruciare la prateria? - domandò Mira.

- Solo una piccola parte... Basterà! I bisonti si allontaneranno immediatamente.

l'angolo del...

Nel Neolitico le eruzioni vulcaniche, come del resto i terremoti, erano fenomeni frequenti e soprattutto più devastanti di oggi.

I bisonti

I primi animali in fuga comparvero mentre i ragazzi stavano sistemando un mucchio di erba per alimentare il fuoco.

Koi era chino sul pezzo di legno che avrebbe dovuto accendere la fiamma, quando si trovò quasi travolto da una gazzella.

- Che cosa succede? - chiese, saltando in piedi e sobbalzando per lo spavento.

Ma poi vide che non erano bisonti: si trattava solo di un gruppo di gazzelle dalle lunghe corna che correvano spaventate.

- Scappano dai bisonti - disse Mira.

E restò per un attimo a guardarle incantata, mentre si allontanavano con eleganza a lunghi salti.

- Potessimo saltare anche noi così... - borbottò Koi, ma poi si rimise al lavoro.

Doveva fare in fretta e riprese a sfregare i suoi pezzetti di legno con grande energia. In poco tempo, proprio attorno alle sue mani, si formò un bel mucchietto di segatura. Quando lo sfregamento avrebbe riscaldato al punto giusto il legno, la segatura avrebbe preso fuoco.

Poco dopo si sentì il suo grido di vittoria:

- Ce l'ho fatta! - strillò infatti, senza smettere di sfregare. - Forza, voi due, portate qui vicino quell'erba!

Mira e Huyk si precipitarono ad obbedire e ammucchiarono fasci di erba attorno al focherello appena nato.

- Fate attenzione a non soffocarlo! - raccomandò Koi. - O mi toccherà ricominciare tutto da capo.

Ma il fuoco non soffocò e prese vigore: in poco tempo fiamme alte e robuste si alzarono vigorose.

I ragazzi prepararono subito una striscia di erbe per indirizzare il fuoco ben lontano da loro e per innalzare una barriera che avrebbe fermato la corsa degli animali. In un attimo le fiamme se la divorarono e cominciarono ad allargarsi, aggredendo la prateria.

I tre stavano vicini vicini, come a proteggersi l'un l'altro e intanto si guardavano attorno, studiando l'andamento delle fiamme.

- Forse stanno prendendo troppa forza... - osservò preoccupato Koi.

Ma subito dopo un motivo ben più grave di preoccupazione lo assalì.

- I bisonti! - gridò. - Sono vicini... li sento arrivare!

Mira tese le orecchie.

Koi aveva ragione. Tra il crepitare delle fiamme si sentiva distintamente un rumore, come un tuono lontano che prendeva forza ad ogni istante.

I ragazzi si guardarono e ciascuno lesse nei volti dei compagni la propria paura. I bisonti dovevano essere tantissimi!

La terra, scossa da migliaia di zoccoli, vibrava come i tamburi degli stregoni durante i riti del Sole.

Ad un tratto l'erba davanti a loro si aprì, Mira sussultò e spalancò la bocca per urlare, ma ammutolì subito quando, invece dei bisonti, si trovò davanti la figura allampanata di Akao che correva seguito da Tumbai.

Erano senza fiato, distrutti dalla lunga corsa e per alcuni istanti non poterono neppure parlare.

- Stanno arrivando... sono dietro di noi! - riuscì a dire dopo un po' Tumbai, buttandosi a terra davanti a loro. - Sono tantissimi!

E infatti subito dopo arrivarono, annunciati da un sordo boato che coprì completamente il rumore del fuoco che ormai divampava alto.

I ragazzi li videro arrivare, come un'immensa nuvola scura che dilagava tra il giallo dell'erba divorandosela a grossi bocconi.

Erano veramente tantissimi e sembravano ormai lanciati ad un galoppo inarrestabile. Per un terribile attimo Mira tremò di paura.

- Sono troppo veloci - disse in un sussurro. - Nemmeno il fuoco li fermerà.

E, in una spaventosa visione, li vide oltrepassare le fiamme e precipitarsi su di loro.

Invece il fuoco riuscì a fermarli.

Di colpo la lunga onda scura parve ripiegare su se stessa e cominciò a deviare, prima quasi impercettibilmente, poi in modo sempre più chiaro.

I ragazzi, trattenendo il respiro, guardarono la mandria piegare decisa verso destra, senza diminuire la velocità della corsa.

- Se ne vanno! - strillò a un certo punto Koi, che non riusciva più a trattenersi e diede voce ai pensieri di tutti. - Ce l'abbiamo fatta!

Si misero a saltare e ad urlare di gioia, presi da un'euforia irrefrenabile, ma ben presto le loro manifestazioni festose vennero bloccate da Huyk, che a grandi gesti reclamava la loro attenzione.

- Che cosa c'è adesso? - brontolò Koi, un po' seccato per l'interruzione. - I bisonti non stanno tornando, quindi che vuoi?

Gli bastò guardarsi attorno un attimo per capire e calmarsi di colpo.

- Il vento! Sta rinforzandosi e alimenta le fiamme! Tra poco ci saranno addosso!

In un attimo si misero tutti al lavoro, si procurarono alcuni lunghi rami secchi e cominciarono a batterli sul fuoco per soffocare le fiamme, ma fu subito evidente che si trattava di una fatica inutile.

- Dobbiamo fuggire! - disse Mira. - Le fiamme continuano ad allargarsi e tra poco saranno qui.

- Fuggire dove? - chiese Tumbai guardandosi attorno.

Il fuoco sembrava divampare dappertutto. Intanto il vento sospingeva verso di loro un fumo denso e acre che faceva lacrimare gli occhi e impediva persino di respirare.

I ragazzi si fissavano sconsolati: il dio possente che governava il fuoco stava scatenando tutta la sua ira. Quale difesa potevano mettere in atto, loro, così semplici e impotenti?

Così stavano lì, immobili e paralizzati dal terrore, ad osservare quella scena terrificante.

Huyk fu l'unico a reagire. Prese Mira per il braccio e cominciò a trascinarla con forza. La ragazza si scosse, ma quando capì che la stava portando verso le fiamme, reagì urlando:

- Dove mi vuoi portare? Non ci vengo di là!

Koi si avvicinò all'amica che si dimenava per liberarsi dalla stretta.

- Ha ragione lui, Mira. - le disse. - In quel punto le fiamme sono ancora basse e potremo saltarle... Una volta dall'altra parte, saremo al sicuro - e indicò, al di là del muro di fiamme, la prateria già divorata dal fuoco.

A quel punto intervenne anche Akao:

- Certo: l'unico modo per salvarci è andare dove il fuoco ha già bruciato l'erba. Le fiamme lì non arriveranno più!

Quando comprese che tutti erano decisi a tentare e volevano seguire Huyk, Mira scosse la testa con forza.

- Andate pure, voi! Io resto qui.

Il ragazzo le si avvicinò, si chinò di fronte a lei e raccolse una manciata di terra, poi gliela spalmò sui capelli, quindi le passò una mano sul viso, invitandola a chiudere gli occhi. Terminata questa operazione, le afferrò una mano e la strinse nella sua.

Koi allora si affiancò e le prese l'altra mano, sussurrandole all'orecchio:

- Forza, Mira, facciamo come quelle gazzelle: un bel salto e via!

Mira tremava da capo a piedi, ma si fece forza e si lasciò condurre, sempre ad occhi chiusi, dai due amici.

Capì che si stavano avvicinando alle fiamme, perché il fumo nero le invase la gola e il calore del fuoco le scottò la pelle.

I tre si fermarono un attimo, poi Koi gridò deciso:

- Pronta? Salta!

Mira saltò e poi cominciò a correre, trascinata dalle mani dei due ragazzi che la guidavano verso la salvezza.

Quando osò aprire gli occhi di nuovo, le fiamme erano ormai lontane, alle sue spalle.

Catalhuyuk

I ragazzi, sfiniti, stavano ancora prendendo fiato, quando all'orizzonte videro uno strano movimento. Per un attimo temettero che i bisonti stessero tornando, poi si accorsero che si trattava solo di un gruppo di uomini.

- Chi saranno? - chiese Mira.

Koi si riparò gli occhi dal sole per vedere meglio.

- Saranno gli abitanti del villaggio... - disse. - Avranno visto l'incendio e...

- E sentito i bisonti... - concluse Akao.

- Dovremmo alzarci e raggiungerli - propose Mira, ma nessuno si mosse. Così anche lei restò tranquilla ad aspettare.

I nuovi venuti, armati di archi e di frecce, arrivarono correndo e in un attimo li circondarono. L'aspetto minaccioso degli uomini si tramutò presto in un sorriso, quando videro i giovani sfiniti che si alzavano a riceverli.

I ragazzi li studiavano con aperta curiosità, perché

avevano uno strano abbigliamento. Non portavano abiti in pelle come gli abitanti del loro villaggio, ma delle curiose vesti fatte da minuscole strisce orizzontali e verticali intrecciate tra loro.

- Abbiamo visto il fuoco - disse un uomo magro e molto alto, dai capelli bianchissimi. - State bene?

I ragazzi annuirono stancamente.

- Vi porto al riparo - propose l'uomo, facendo loro cenno di seguirlo.

Poi si rivolse ai suoi compagni.

- Voi andate a vedere l'incendio... - ordinò.

Koi si fece avanti.

- Fate attenzione, perché da quella parte c'è una grossa mandria di bisonti... Noi li abbiamo evitati per un soffio.

L'uomo che aveva parlato guardò i ragazzi con curiosità. Possibile, si chiedeva, che quel gruppetto di ragazzi stanchi e sporchi avesse fronteggiato un'intera mandria di bisonti? Forse c'entravano pure con l'incendio. Decise di tenersi le sue domande per un altro momento e li invitò a seguirlo.

- Venite con me.

E si mise di nuovo in cammino, alla testa del gruppo.

Il villaggio era incredibilmente grande.

I ragazzi lo videro da lontano: il suo profilo si stagliava nitido all'orizzonte e già da quella distanza appariva stupefacente.

- È enorme! - disse ad un tratto Mira, indicandolo agli amici.

L'uomo sorrise.

- È molto grande, è vero. È una vera e propria città. Ci abitano moltissime persone.

- Come si chiama? - chiese Koi.

- Catalhuyuk.

Di colpo i ragazzi non sentirono più la stanchezza e presero a camminare con nuova energia. Volevano arrivare il più in fretta possibile in quell'incredibile città, grande cento volte più del loro villaggio.

Catalhuyuk si profilava nitida e bianchissima contro il cielo azzurro. Le case erano tantissime, addossate l'una all'altra, ma la cosa più sorprendente erano le mura. La città, infatti, era racchiusa da mura altissime, formate da enormi blocchi di pietra squadrata, appoggiati uno sopra l'altro.

I ragazzi erano senza fiato per lo stupore: quale possente dio aveva costruito quelle mura gigantesche? Non osavano neppure pensare che potessero essere opera di uomini.

La gente si stava riversando tutta all'esterno delle mura. Probabilmente era corsa voce del loro arrivo.

Mira camminava a fianco dell'uomo che li stava guidando e girava continuamente la testa a destra e a sinistra, confusa da tutte quelle facce sconosciute che la fissavano con curiosità.

Ad un tratto un viso si staccò dagli altri e una voce si alzò altissima e superò il frastuono:

- Mira! Mira! Sei proprio tu?

Mira si fermò di colpo e frugò con gli occhi tra la folla, mentre un nodo di commozione le nasceva in gola.

Una figura si staccò dalla massa confusa e una donna si fece avanti a braccia tese.

- Mira! Bambina mia!

Mira si precipitò tra quelle braccia che la circondarono e la strinsero con calore.

Chiuse gli occhi e si lasciò confortare, mentre dimenticava il fuoco e i bisonti, i cacciatori di leoni e i cani selvaggi.

E sospirò rasserenata: finalmente era arrivata, aveva raggiunto la sua meta!

Finalmente si mangia!

I ragazzi stavano davanti a un vero banchetto.

Karima aveva allestito per loro un pranzo sontuoso, adatto a soddisfare tutta la fame che si era accumulata nei loro corpi. C'erano focacce deliziose, inumidite con un liquido trasparente ed appiccicoso, dal sapore piacevolmente dolce, c'erano scodelle di latte di capra inacidito, carne e frutta a volontà.

- Come hai potuto preparare tutto questo in così poco tempo? - domandò Mira, senza smettere di mangiare.

Karima rise.

- Ho chiamato in aiuto tutte le donne di Catalhuyuk!

Koi approvò, masticando di gusto una radice dolciastra che non aveva mai visto in vita sua:

- E hai fatto benissimo!

- Mangiate ancora, ragazzi! C'è tantissima roba!

- Non ne resterà molta alla fine, vedrai... - commentò Koi.

E infatti, quando finalmente i ragazzi si sentirono sazi, erano rimasti solo qualche focaccia e alcuni frutti.

- Non pensavo di avere tanta fame! - sospirò alla fine Tumbai, dandosi una pacca soddisfatta alla pancia che sembrava sul punto di scoppiare.

Mira lo guardò, facendosi improvvisamente seria.

- Con tutto quello che ci è successo, Tumbai, non abbiamo ancora trovato il tempo di parlare seriamente.

Sul viso di Tumbai il sorriso si spense di colpo.

- Hai ragione, Mira, ma che c'è da dire?

Mira lo fissò, senza sapere da che parte incominciare. Non voleva mettere nei guai Huyk, che aveva riconosciuto i due al villaggio del grande dipinto, ma voleva arrivare comunque a una spiegazione.

Karima seguiva la scena perplessa: che cosa stava succedendo?

Finalmente Mira parlò:

- Come mai siete spuntati dal nulla, proprio un attimo prima dei bisonti?

Tumbai gettò un'occhiata al suo compagno Akao che teneva il naso dentro una scodella, e si strinse nelle spalle.

- È stato un caso! - tentò di giustificarsi. - Noi stavamo scappando dai bisonti, come voi del resto, e per coincidenza vi abbiamo raggiunto. Non è così, Akao?

L'amico, sentendosi interpellato, alzò gli occhi e mugugnò una risposta che poteva apparire un sì.

- Visto, Mira? - disse Tumbai con un sorriso. - Che ti avevo detto? Una semplice coincidenza...

- Non è vero! - sbottò Koi saltando in piedi e puntando il dito contro i due. - Noi sappiamo che eravate al villaggio, che avete rovinato il dipinto e probabilmente ci avete aizzato contro la mandria di bisonti e magari anche i cani selvatici! Perché, Tumbai, perché ci hai fatto questo?

Nel silenzio assoluto che era sceso nella stanza, Karima si alzò e si avvicinò a Koi che tremava di rabbia, tutto rosso in viso.

- Sono accuse molto gravi quelle che stai muovendo, Koi...

- Posso provarlo...

Tumbai impallidì.

- E come?

Koi si girò verso Huyk.

- Lui vi ha visto rovinare il dipinto della Grande

Caccia per incolpare noi!
Tumbai scoppiò a ridere.
- Lui? Ma Huyk è solo un povero scemo!
Mira scattò in piedi inferocita.
- Huyk non è uno scemo e lo sai benissimo anche tu, tanto è vero che hai seguito i suoi consigli, come tutti noi, per salvarti la pelle!
Akao cercò di intervenire in difesa dell'amico in difficoltà:
- Ma se anche dalla sua tribù è considerato solo uno stupido! Lo prendono in giro tutti!
Mira scattò verso di lui.
- E tu come lo sai? - disse. - Sei stato nel suo villaggio, allora!
Akao si rimise a sedere, rosso in viso. Sapeva di aver fatto una sciocchezza e Tumbai non gliel'avrebbe perdonata molto presto. Decise che era meglio rimettersi a mangiare e rituffò il naso nella sua scodella.
L'aria nella stanza si era fatta elettrica, per cui Karima, decise di intervenire:
- Sarete stanchi, ragazzi! Secondo me è meglio per tutti riposare un po'. Potremo riprendere il discorso domani, con l'animo un po' più sereno!
E li accompagnò in un'altra casa, dove erano stati

sistemati alcuni giacigli.

Poi prese Mira per mano e se la portò via.

- Tu, invece, verrai con me. Non voglio correre il rischio di perderti ancora, adesso che ti ho appena ritrovata!

Pellediluna

Karima si sistemò sulla panca più grande, appoggiata alla parete di fronte a loro, e invitò Mira a sedersi accanto a lei.

- Vieni qui, vicino a me! - le disse con voce dolce.

La ragazza si guardò attorno, prima di obbedire con un sorriso.

- È la tua casa, questa?

- Sì, ti piace?

Mira annuì.

La casa era bellissima. Era costituita da un'unica stanza, molto grande. Le pareti si appoggiavano a enormi pali di legno ed erano state costruite con mattoni di paglia e argilla, tutti uguali. Alcuni dipinti spiccavano vivissimi sul bianco dell'intonaco.

La stanza prendeva luce dall'alto, da un'apertura sul tetto che serviva anche come porta.

- Come mai non avete altre entrate? - chiese a un tratto Mira.

Karima sorrise.

- Meno buchi ha una **casa**, meno probabilità ci sono che entri qualcuno non gradito… Animali selvatici, nemici…

Mira guardò di nuovo in alto: il cielo si stava oscurando e tra poco sarebbe stata notte. La giornata era stata davvero lunghissima.

Faticò a trattenere uno sbadiglio: si sentiva davvero stanca!

l'angolo del…

Le abitazioni di Catalhuyuk erano grandi stanze rettangolari, di circa 25 metri quadrati. Lungo le pareti vi erano piattaforme usate come letti, al di sotto venivano sepolti i morti, che così rimanevano in contatto con la famiglia.

Karima sorrise, invitandola a sdraiarsi sulla panca, e le fece poggiare la testa sulle ginocchia.

- Domani faremo qualcosa per questi capelli, Mira… Come mai sono così sporchi di terra?

- Huyk mi ha spalmato del fango per proteggerli dal fuoco… - rispose la ragazza.

E si mise a raccontare alla madre le loro avventure degli ultimi giorni.

La luna si affacciò dopo un po' all'apertura del soffitto e andò ad illuminare la figura di Mira.

Karima le accarezzò la testa.

- Dormi pure, adesso, Pellediluna! Avremo tempo dopo per parlare...

Mira si sollevò un poco.

- Nessuno mi chiamava più così da moltissimo tempo! - disse commossa. E gli occhi le si riempirono di lacrime.

Pellediluna era il nomignolo con il quale la chiamava sua madre quando, nelle notti di luna, stavano sole a chiacchierare all'aperto. Mira ripensò a quei momenti lontani e si sentì di colpo molto infelice.

- Madre, perché te ne sei andata?

Karima la fece sdraiare di nuovo, con una lieve pressione della mano.

- Non me ne sono andata... mi hanno cacciata. Hug, l'uomo della magia, non mi voleva più al villaggio!

- Perché?

Karima sospirò, cercando le parole giuste.

- Ci ho pensato molto, in tutto questo tempo, e credo di aver trovato la risposta. Forse stavo diventando troppo brava, la gente del nostro villaggio cominciava ad avere fiducia in me e veniva a domandare...

- Ma tu eri la donna della medicina... dovevi aiutare la gente della tribù, era il tuo compito...

- E lui era il potente uomo della magia... Non potevamo stare insieme nello stesso posto... Allora mi sentii offesa e umiliata, ma adesso ho capito. Hug aveva solo paura...

Mira restò un attimo in silenzio, lasciandosi accarezzare ad occhi chiusi. Nella stanza c'era sempre più buio, solo la luce della luna faceva intuire i contorni degli oggetti.

Restava solo un'ultima domanda:

- Perché non mi hai portato con te?

La mano della madre interruppe il movimento per un attimo, poi riprese ad accarezzarle la testa.

- Non potevo, eri troppo piccola... saresti morta sicuramente.

La voce le tremò al ricordo di quei terribili momenti.

- L'unica speranza per te - continuò - era quella di lasciarti al villaggio... Xara mi voleva bene, ne avrebbe voluto anche a te...

Non arrivò risposta.

Karima si piegò a guardare il viso della figlia, poi sorrise.

Si era addormentata.

Appoggiò la testa alla parete e chiuse gli occhi anche lei.

Non era ancora sorto il sole che un rumore le svegliò di soprassalto: qualcuno stava scendendo di corsa giù per la scala.

Mira aprì gli occhi, un po' spaesata.

- Koi! Che c'è?

Il ragazzo arrivò a terra con un salto e si portò davanti a loro.

- Tumbai ed Akao non ci sono più. Sono scappati!

- Da quanto tempo?

- Non lo so. Noi dormivamo, non abbiamo sentito nulla. Ci siamo svegliati poco fa e loro non c'erano più.

Mira si mise a sedere.

- Non possono essere lontani - disse.

E fece il gesto di alzarsi, ma la madre la trattenne.

- Lasciali andare, Mira! È molto meglio così.

Un magnifico coltello

Akao e Tumbai sembravano davvero scomparsi.

Per quanto cercassero, non ne trovarono traccia.

- Ha ragione tua madre, Mira - disse dopo un po' Koi. - Lasciamoli andare... e poi, trovarli in questo ammasso di case è un'impresa disperata!

Mira si guardò intorno e dovette dar ragione all'amico. Non c'erano vere e proprie strade a Catalhuyuk, le case erano ammassate l'una all'altra e si appoggiavano sostenendosi a vicenda. I due potevano essere in qualsiasi posto.

- Devo trovare il mio coltello, piuttosto... - osservò Koi. - Anche se ancora non so come pagarlo...

Karima si offrì di accompagnarli.

- Vi porto a conoscere Ambui, allora. Costruisce dei pugnali bellissimi!

I ragazzi la seguirono lentamente, perché ogni cosa in quella grandissima città era per loro una meraviglia.

Huyk era colpito in modo particolare dai dipinti

alle pareti.

Karima l'aveva capito e mostrò al ragazzo alcune abitazioni affrescate in modo magnifico.

In una di queste case trovarono un oggetto che non avevano mai visto.

- È un telaio! - spiegò Karima, notando la loro curiosità. - Serve per fare i nostri vestiti.

I ragazzi restarono incantati a guardare la donna seduta davanti a una grande struttura di legno attraverso la quale correvano molti fili verticali, vicinissimi e paralleli tra loro.

- Vedete? - spiegò Karima. - Mea fa passare il filo orizzontale una volta davanti e una volta dietro i fili verticali. In questo modo i fili si intrecciano e non si divideranno più!

- È una magia! - esclamò Mira, ma Mea scosse la testa ridendo dell'ingenuità dei ragazzi.

- Non è una magia, è frutto di lavoro e di tanta fatica...

Huyk emise un grugnito per richiamare l'attenzione di tutti. Con un gesto indicava alcune ciotole di colore in un angolo.

- Vuoi sapere a che cosa servono i colori? - domandò Karima. - Semplice: i fili possono essere anche tinti e avremo così dei tessuti colorati!

Restarono un po' a guardare ammirati la mani di Mea che, velocissime, passavano tra i fili della trama e si lasciavano dietro il tessuto già formato.

- Adesso andiamo da Ambui! - li invitò dopo un po' Karima.

I ragazzi le andarono dietro chiacchierando animatamente, ma Huyk non seguì più la loro conversazione. Era particolarmente tranquillo e sembrava immerso in profondi pensieri.

- Ecco la casa di Ambui - annunciò a un certo punto Karima. - Qui troverete senz'altro il coltello che state cercando!

Ambui era davvero un abilissimo artigiano e la sua bravura sbalordì i ragazzi. I suoi coltelli e le sue punte di lancia li lasciarono a bocca aperta.

- Sono bellissimi! - disse Koi prendendo in mano un pugnale della stessa dimensione di quello che gli era stato consegnato.

- Non ho mai visto coltelli di questo materiale - osservò pensoso, facendoselo bilanciare nella mano. - Non sono di selce come i nostri.

- È ossidiana... - spiegò Ambui. - Un materiale molto comune in questa zona. Non lo conoscete?

E alla risposta negativa dei ragazzi riprese a spiegare:

- È più dura della selce e si scheggia meglio... In questo modo le armi sono più robuste e più affilate.

Intervenne anche Karima:

- L'ossidiana è un dono del dio che fa tremare la terra. Viene dalla grande montagna di fuoco, il vulcano a due punte che sorge proprio alle spalle della nostra città!

- Che cosa vuoi per questo pugnale? - domandò Koi.

- Che cosa mi offri?

- Ho solo questo... - e mostrò il pugnale di selce che gli avevano consegnato al villaggio.

Ambui scosse la testa.

- Il mio pugnale vale molto più del tuo...

- È vero - riconobbe subito Koi. - Ma io non ho altro da offrirti...

A quel punto Karima si mise in mezzo e apostrofò

Ambui un po' duramente:

- Quando ho guarito tua moglie Guia che stava perdendo tuo figlio non ti ho chiesto nulla!

Ambui abbassò gli occhi un po' imbarazzato.

- È vero, Karima... Ma io adesso sto trattando con lui, non con te!

- E allora tratta con me! Cosa vuoi per quel pugnale?

Ambui allungò il braccio e porse il magnifico coltello alla donna.

- Nulla, Karima. Da te non voglio nulla!

Koi offrì ancora il suo coltello.

- Prendi almeno questo per pagamento!

Ma Ambui scosse la testa.

- No. Va bene così. Il pugnale adesso è della donna della medicina. Lei ne farà quello che vuole.

E si girò, rimettendosi a lavorare alla sua punta di lancia senza più badare ai ragazzi che aveva davanti.

La montagna di fuoco

- Ma dov'è finito Huyk? - chiese a un tratto Mira.

La domanda lasciò tutti stupiti. Si interrogarono l'un l'altro, ma nessuno sapeva niente. Mira aveva ragione. Dov'era finito Huyk? Non lo si vedeva da un pezzo.

- Vado a vedere da Mea - si offrì Karima. - E voi, ragazzi, provate a cercarlo da Ambui.

Si separarono, ma solo per un attimo, perché subito dopo la donna li richiamò indietro.

- La vecchia Umi mi ha appena detto che c'è un po' d'agitazione in città - disse infatti Karima. - La montagna di fuoco si sta svegliando.

E con una certa preoccupazione indicò ai ragazzi il pennacchio di fumo nero che si levava da una delle due cime.

- Ci saranno delle preghiere e dei sacrifici al dio della montagna - spiegò la donna. - Io devo andare. Volete venire con me?

I ragazzi la seguirono preoccupati. Dopo il fuoco e

i bisonti, avrebbero avuto anche quella disavventura?

Si resero conto ben presto però che la popolazione di Catalhuyuk reagiva con molta calma.

- Siamo abituati a convivere con la montagna di fuoco - spiegò Karima. - Ne abbiamo un po' paura, è vero, ma d'altra parte il vulcano ci dona l'ossidiana che ci permette di commerciare e di prosperare. Questo noi non lo dimentichiamo mai.

- Ma la città è stata in pericolo qualche volta? - s'informò Mira che voleva stare tranquilla.

Karima scosse la testa.

- Solo i più vecchi ricordano ancora un grande incendio causato dal fuoco che usciva dalla montagna... Ma dev'essere passato moltissimo tempo e qualcuno comincia a dire che si tratta solo di leggende... Da quando io vivo qui, sono state sufficienti le preghiere per tenere tranquillo il dio.

Tutti e tre insieme si avviarono verso il luogo dove si doveva svolgere la preghiera, accompagnati, via via che proseguivano, da una folla sempre più numerosa che si stava dirigendo dalla loro parte.

- Ecco - disse a un tratto Karima. - Tra poco inizierà la preghiera per il dio della montagna.

Erano arrivati ad un grande spazio aperto circondato da alti pilastri in pietra che sorreggevano enormi teste di toro scolpite da mani abilissime. Sul fondo dell'enorme spiazzo, per mezzo di tre gradini, si accedeva a un porticato completamente riparato da un tetto, con una lunghissima parete imbiancata a calce che delimitava la visuale.

I ragazzi si guardavano in giro ammirati, quando Mira trasalì di colpo.

- Ma non è Huyk, quello?

Koi si girò a guardare nella direzione indicata.

- È lui! Ma che cosa sta facendo?

Era inginocchiato a terra davanti alla parete del porticato e aveva in mano alcuni pennelli e tutto intorno ciotole di colore.

- Sta dipingendo! - esclamò Mira, e corse subito a vedere.

Huyk era così immerso nel suo lavoro che neppure li vide arrivare. Quando si accorse degli amici, sorrise un po' imbarazzato e mostrò il suo lavoro che era ormai a buon punto.

Il dipinto rappresentava la città dove si trovavano e sullo sfondo le due cime della montagna di fuoco che sputava fiamme e lava.

- È bellissimo! - fu l'unica cosa che riuscì a dire Mira.

Non poté aggiungere altro, perché la terra cominciò a tremare all'improvviso.

Mira non capì subito di che cosa si trattava. Vide la parete davanti ai suoi occhi vibrare e cambiare forma, e per un attimo pensò che il dipinto stesse prendendo vita. Poi finalmente comprese.

- Il terremoto! - urlò.

Sua madre intervenne a calmarla:

- Non aver paura, Mira! Capita quasi sempre quando la grande montagna fuma! Non è molto forte per il momento... Aspettiamo un po' e staremo a vedere!

I tre ragazzi, spaventati, girarono lo sguardo tra la folla che continuava tranquilla le sue attività.

L'unico cambiamento consistette nel fatto che i più vicini ai pilastri si spostarono al centro dello spiazzo.

Karima sorrise, notando la loro paura.

- Anch'io ero terrorizzata come voi le prime volte... Adesso quasi non ci faccio più caso. E poi, non avremmo potuto trovare un posto migliore di questo per aspettare un terremoto!

All'improvviso si sentì uno strillo altissimo e la folla cominciò a ondeggiare disordinatamente.

Mira allungò il collo per cercare di vedere qualcosa, poi puntò il dito nella direzione dalla quale erano venuti.

- Sono Akao e Tumbai! - gridò.

Koi saltò per riuscire a vedere a sua volta.

- Dove sono? Che cosa fanno? Perché hanno urlato? - si chiedeva.

Ma era troppo basso e ogni suo sforzo era inutile. Così si lasciò cadere a terra esausto ed irritato.

Mira continuò a guardare per lui.

- Sono usciti urlando dalla casa di Mea! - ridacchiò divertita. - Si saranno spaventati anche loro per il terremoto! Ben gli sta!

- Ma che cosa ci facevano a casa di Mea? - chiese Koi.

- Già. Hai ragione! Andiamo a vedere!

Un tappeto particolare

C'era moltissima gente davanti alla casa di Mea e i ragazzi dovettero faticare per riuscire a passare. La folla però aveva bloccato sul posto Akao e Tumbai che ora li aspettavano con gli occhi bassi e l'espressione preoccupata.

- Questa volta vi è andata male! - esordì Mira.

- Già, non siete riusciti a sgusciare via come tutte le altre volte! - proseguì Koi.

Tumbai lanciò ai due che avevano parlato un'occhiata talmente malevola che Karima si sentì in dovere di intervenire.

- Non stiamo qui, ragazzi. Andiamo nella casa di Mea!

I ragazzi furono subito d'accordo ed entrarono passando per il tetto, anche perché volevano verificare se tutto era in ordine.

L'interno della casa era un vero disastro.

Mea faticava a trattenere le lacrime, mentre lo sguardo girava tra le sue poche cose. Il telaio era a

terra e il lavoro iniziato era ormai irrecuperabile.
Karima si chinò a raccogliere i fili spezzati.
- Perché avete distrutto il lavoro di Mea? Che cosa vi aveva fatto di male?
I due colpevoli abbassarono gli occhi e strinsero le labbra: non avevano alcuna intenzione di rispondere.
Allora Koi parlò per loro.
- Volevano distruggere tutto e poi fuggire. In questo modo avreste incolpato Huyk... Tutti avevano capito che era molto interessato al tessuto!
Karima lo guardò poco convinta.
- Ma perché avrebbero voluto far incolpare Huyk?
- Per fermarci! - urlò quasi Koi, rosso di rabbia.
Si girò verso Tumbai e gli arrivò vicino, puntandogli il dito quasi sotto il naso.
- Da quando mi hanno assegnato la missione, da quando sono stato io il prescelto, hai cercato in ogni modo di ostacolarmi!
Tumbai reagì all'improvviso. Con uno scatto rabbioso allontanò il dito di Koi e cominciò a urlare le sue spiegazioni.
- Dovevo essere io il prescelto! Sono io il figlio del capo tribù! Volevo che al villaggio sapessero tutti che razza d'incapace sei!

Koi fece per replicare, ma Mira lo bloccò con un gesto della mano, lo invitò a girarsi e a guardare Huyk che stava chino sul telaio smontato e cercava il modo di riaggiustarlo.

- Aiutiamo Huyk, invece di litigare! - propose.

Tutti si misero al lavoro.

In poco tempo il telaio venne sistemato: per fortuna il danno risultò meno grave del previsto.

- Il tessuto però è perduto! - disse alla fine Mea, sollevando con la mano i fili spezzati.

- E anche questi filati! - osservò Karima, e mostrò le matasse di filato ancora intatto che i due avevano gettato alla rinfusa nelle ciotole di colore.

Per la stanza c'erano macchie dappertutto.

- Forza! Mettiamoci a pulire! - ordinò Karima.

Tutti si chinarono ad asciugare il pavimento.

Solo Huyk non si mosse. Stava ancora accanto al telaio, sollevava pensoso i fili spezzati e provava comunque ad intrecciarli.

Lo lasciarono fare e continuarono nel loro lavoro, ma dopo un po' un grido soffocato di Mea li fece girare tutti.

- Guardate! - stava dicendo la donna mentre indicava il telaio. - È riuscito a continuare il mio lavoro!

Era vero: il tessuto si era allungato di parecchio, ma nell'intreccio c'era qualcosa di nuovo, qualcosa che prima non c'era.

Mea si portò le mani alla bocca e disse meravigliata:

- Ma come fa? Disegna con i fili!

Tutti si chinarono per osservare con attenzione.

Huyk aveva preso i fili di diverso colore e li stava unendo con pazienza e tanta abilità ai fili spezzati.

- Sta componendo un disegno! Diventerà un magnifico tappeto! - disse Mira.

Huyk la guardò e sorrise, annuendo con vigore, poi le puntò l'indice contro.
- Che cosa vuoi dirmi, Huyk? Non capisco!
Il giovane indicava il tessuto e poi Mira, poi ancora il tessuto.
Mea fu la prima a comprendere.
- Sta disegnando te, Mira, dentro la stoffa!
Era davvero così. Nell'intreccio senza colore del tessuto, spiccavano nitide alcune figurine colorate che potevano essere immagini femminili.
Il disegno si riproduceva di continuo in un'immagine che pareva moltiplicarsi all'infinito.
Koi si grattò la testa, trattenendo a fatica un sorriso.
- È quasi una dichiarazione d'amore, questa!
Mira gli fece una smorfia.
- Non essere sciocco, Koi! Huyk è bravissimo!
Mea si fece avanti e mise una mano sulla testa del giovane ancora al lavoro.
- Talmente bravo - disse - che vorrei restasse qui e ci insegnasse la sua tecnica. Noi sappiamo fare solo un tessuto colorato, ma non sappiamo disegnare dentro la stoffa. Che dici, Huyk, vuoi restare?
Huyk annuì e sorrise con gratitudine alla donna.
Koi si guardò attorno perplesso.

- Bene: Mira vuole rimanere con sua madre, Huyk resterà a fare il tessitore, questi due furfanti saranno giudicati dagli anziani della tribù... Mi toccherà tornare da solo, dunque.

Mira gli si avvicinò.

- Puoi restare anche tu, se vuoi - gli propose con dolcezza.

Koi scosse la testa.

- Non posso. Devo ancora compiere la mia missione... - e mostrò il pugnale di ossidiana.

Dopo un attimo un sorriso furbo gli spuntò sulle labbra.

- Ma poi... chissà!... - disse con voce emozionata. - Se mi inviti, potrei anche tornare!

Mira sorrise annuendo.

- Certo che ti invito! Non capita tutti i giorni di sentire uno scimpanzé che ruggisce come un leone!

NEL MONDO DEL NEOLITICO

Preistoria

La Preistoria è il lunghissimo periodo che va dalla comparsa dei primi uomini fino all'invenzione della scrittura.

È divisa in Paleolitico, che è il periodo della **pietra scheggiata**, e in Neolitico, il periodo della **pietra levigata**.

Pietra scheggiata

Pietra levigata

IL NEO

10 mila anni fa

Nel Paleolitico l'uomo si procurava il cibo cacciando e raccogliendo frutti ed erbe, perciò era nomade. La più grande scoperta di questo periodo fu il fuoco.

Nel Neolitico l'uomo cominciò a coltivare la terra e ad allevare animali, perciò divenne sedentario e costruì i primi villaggi, dove si svilupparono numerose attività e nacquero le prime forme di commercio.

Il racconto ***Alla ricerca del pugnale sacro*** è ambientato nel Neolitico.

L'agricoltura

Nel Neolitico gli uomini si trasformarono da raccoglitori in agricoltori. Le prime piante ad essere coltivate furono i cereali (orzo, grano, riso e miglio) perché crescono in fretta e rendono molto rispetto alla quantità seminata.

Uomo agricoltore

Donne che raccolgono il grano

L'allevamento

Occupandosi dei campi, gli uomini non potevano più essere in continuo movimento: impararono quindi ad allevare alcuni animali (capra, pecora, uro, cinghiale...) diventando pastori ed allevatori.

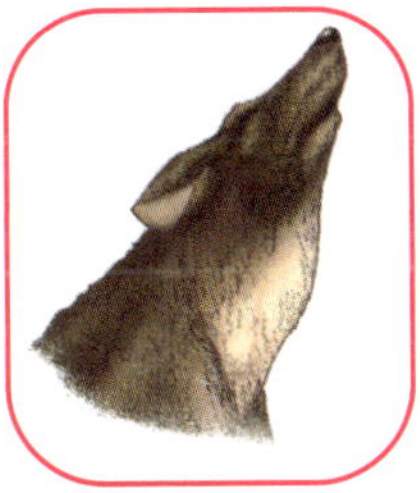

Il **cane** fu probabilmente il primo animale ad essere addomesticato dall'uomo.

L'**uro** era un animale, ormai estinto, dal quale derivano tutte le specie bovine addomesticate giunte sino a noi.

Le **capre** erano allevate soprattutto come animali da carne, mentre le pecore venivano usate per il latte e per la lana.

Le abitazioni

Le abitazioni del Neolitico erano ben diverse dalle caverne o dalle tende di pelle del Paleolitico. Solitamente erano capanne robuste, con struttura di legno e riempimento in mattoni crudi, oppure palafitte, costruite nell'acqua su piattaforme sporgenti per proteggersi dagli animali feroci.

Abitazione del Paleolitico

Abitazioni del Neolitico

La nascita dei villaggi

Villaggio del Neolitico

La vita degli agricoltori e degli allevatori favorì il sorgere di gruppi sempre più estesi.

Si formarono, così, dei **clan**, che riunivano più famiglie legate da parentela e, con l'aumento della popolazione, nacquero le **tribù**, costituite da tutti coloro che vivevano in uno stesso luogo.

Sorsero in seguito i primi **villaggi**, composti all'inizio da 10-20 abitazioni.

Il lavoro

Gli uomini del Neolitico, oltre a costruire armi ed utensili sempre più precisi e raffinati, impararono a:

- utilizzare fibre vegetali per legare le pietre al legno e fabbricare stuoie;
- filare la lana delle pecore e tesserla con telai rudimentali;
- modellare e cuocere l'argilla per ricavarne vasi che potevano contenere semi e liquidi.

Ebbero origine i primi scambi di merci.

Vaso di terracotta

Vaso di ceramica

Donne che filano la lana delle pecore

Una pietra tra le più usate era la **selce**, particolarmente adatta ad essere lavorata: si scheggia infatti molto facilmente e, nello stesso tempo, è molto resistente.

Nel Neolitico si cominciò ad usare la pietra levigata non solo per le armi ma anche per gli utensili.

Selce scheggiata usata come arma

Punta di lancia scheggiata

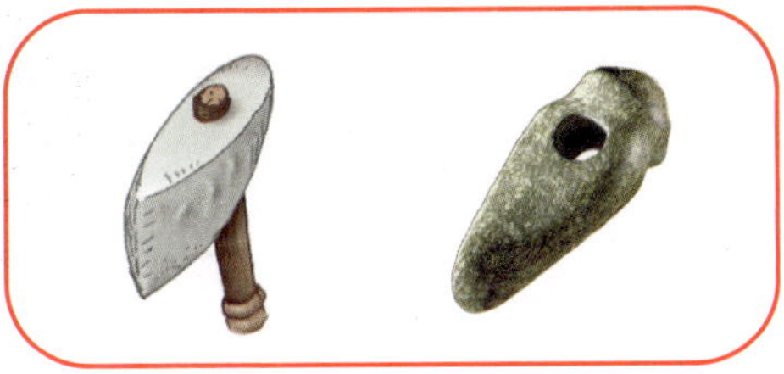

Asce di pietra levigata

Il linguaggio

Gli uomini nel Neolitico riuscirono pian piano ad articolare in maniera sempre più complessa i suoni, inventarono parole, formarono frasi: era nato il linguaggio verbale.

Fu possibile così comunicare e tramandare i pensieri e i ricordi, le conoscenze e i sentimenti.

Le divinità

I fenomeni naturali erano visti dagli uomini primitivi come manifestazioni della divinità. In molte parti del mondo si possono ammirare testimonianze della vita spirituale del Neolitico. Tipiche di questo periodo sono le grandi costruzioni in pietra, come i **menhir**, che consistono in grosse pietre, alte anche parecchi metri, infisse al suolo.

La medicina

Nelle tribù e nei villaggi primitivi la medicina era spesso affidata a una donna, forse perché sempre alle donne era assegnato il compito di raccogliere le erbe e quindi di saperle riconoscere e sfruttare per le loro proprietà. Queste conoscenze poi venivano trasmesse oralmente da madre a figlia.

I diversi

I diversi, perché menomati fisicamente o mentalmente, venivano considerati inutili dalla tribù primitiva che metteva la propria sopravvivenza sopra a tutto. A volte si arrivava addirittura al loro allontanamento e alla cacciata dal villaggio, anche se in alcuni casi, dei bambini menomati fisicamente erano "adottati" e mantenuti dall'intera tribù.

L'arte

In molte caverne sono stati trovati magnifici esempi di quella che si chiama **arte rupestre**, perché dipinta o incisa sulla roccia.

Il senso profondo di queste immagini, dipinte in grotte buie e spesso quasi inaccessibili, ancora ci sfugge, ma probabilmente dovevano servire a una specie di rito religioso propiziatorio: facilitare cioè l'impresa descritta nel dipinto.

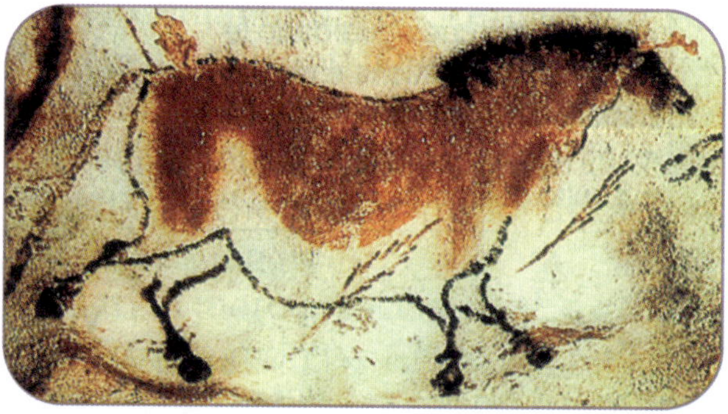

Esempi di pittura rupestre

In un villaggio neolitico...

...si coltivano i campi

...si costruiscono case

...si allevano animali

...si fabbricano cesti

...si va a caccia

...si commercia con altri villaggi

...si lavora la lana al telaio

...si lavorano le pelli degli animali

...si fabbricano vasi di argilla

...si fondono e lavorano i metalli

Catalhuyuk

Catalhuyuk è un'antichissima città dell'Anatolia (al centro della Turchia) scoperta nel 1958.

È datata tra il 7100 e il 6300 a.C. e oggi è compresa in una regione interamente disabitata. 9000 anni fa, invece, il visitatore si sarebbe trovato di fronte a una popolazione di 5-6000 abitanti.

Ogni casa di Catalhuyuk era separata dall'altra con un piccolo cortile. Si andava da una casa all'altra passando per i terrazzi e per i tetti.

Le abitazioni di Catalhuyuk erano grandi stanze rettangolari, di circa 25 metri quadrati. Lungo le pareti vi erano piattaforme usate come letti, al di sotto dei quali venivano sepolti i morti, che così rimanevano in contatto con la famiglia.

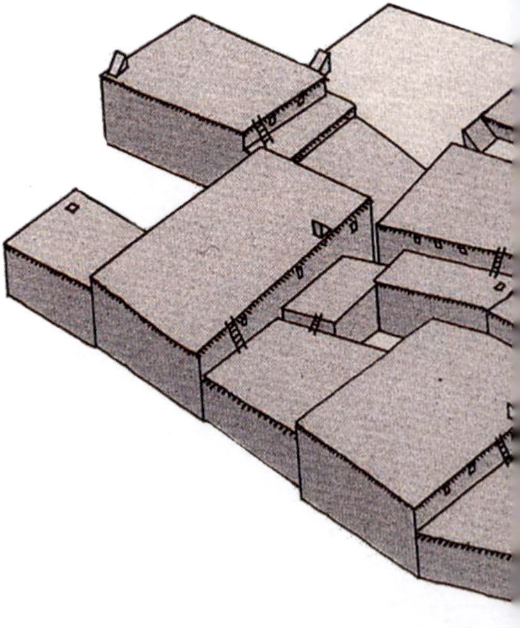

Alcune case erano affrescate, soprattutto quelle adibite al culto e alla preghiera: in esse sono state trovate molte immagini, dipinte o scolpite, che rappresentano spesso figure femminili, le cosiddette *Veneri*.

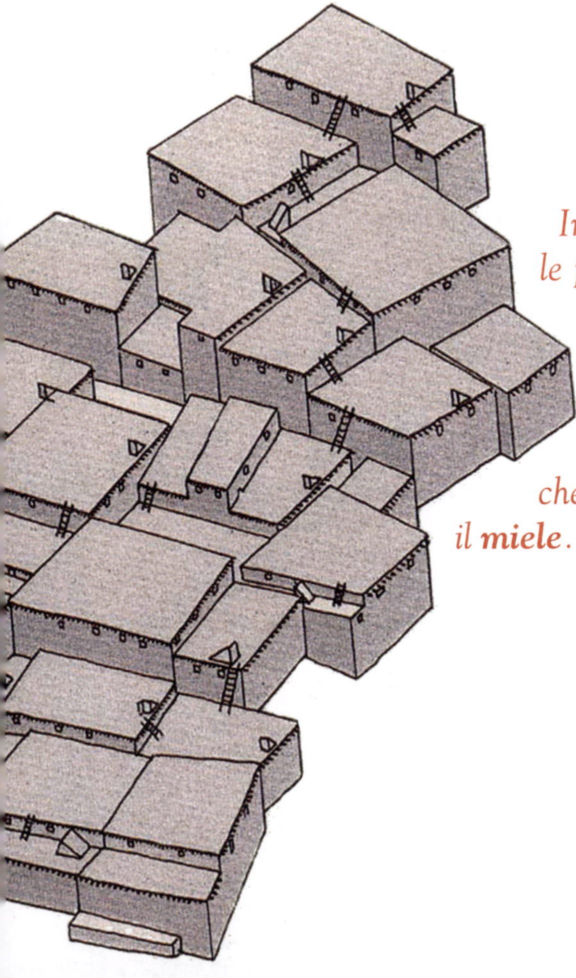

In un dipinto, trovato sulle pareti di una casa a Catalhuyuk sono raffigurati alcuni insetti, molto simili alle nostre api, perciò gli studiosi pensano che nella città si conoscesse il ***miele****.*

Qualche curiosità

Sai qual è...

...la più antica città del mondo?

Molto probabilmente è Gerico che contava ben 4000 abitanti e risale all'VIII millennio a.C. Sorgeva in un'ampia oasi, circondata da terre desertiche ed inospitali, ed aveva una poderosa cinta muraria, con un fossato largo 8 metri.

...la forma più curiosa di sepoltura rinvenuta finora?

A Catalhuyuk i morti venivano esposti all'aperto, finché non rimaneva il solo scheletro, poi le ossa venivano riportate in casa e sistemate sotto i letti. Invece, durante gli scavi della città di Gerico, compiuti nel 1953, sono stati ritrovati tra le fondamenta di alcune case parecchi crani umani, ricoperti di argilla e con conchiglie al posto degli occhi. L'antenato defunto, quindi, veniva posto a fondamenta della nuova casa.

...la differenza tra *menhir* e *dolmen*?

Erano entrambi megaliti (parola che deriva dal greco e che significa "grande pietra") cioè costruzioni preistoriche molto grandi che si trovavano sparse in tutta Europa, nel Vicino Oriente e in qualche zona dell'Africa. I *menhir* sono grandi pietre, lunghe da 2 a 10 metri, che sorgono di solito isolate, oppure disposte in cerchio o in fila. Erano dei luoghi di culto.

I *dolmen* invece sono delle tombe collettive, formate da due pietre verticali, sormontate da una grossa pietra orizzontale.

...il complesso megalitico più famoso al mondo?

Sicuramente quello che si trova a Stonehenge, nel sud dell'Inghilterra. Si tratta di un esempio di *cromlech* (ossia *menhir* disposti a cerchio) costruito tra il 2800 e il 1500 a.C. La sua costruzione risulta ancora molto misteriosa per gli storici, perché comportò sicuramente il lavoro di moltissime persone, un numero senz'altro maggiore di quello degli abitanti della zona.

...il complesso funerario più esteso rinvenuto finora?

Si tratta del complesso megalitico dell'isola di Malta.

La cosa inspiegabile per gli storici è che su una superficie di appena 315 chilometri quadrati, si possa trovare una necropoli (città dei morti) di ben dieci chilometri quadrati.

Indice